DISCARD

W9-ACP-878

DISCARD

# Tulipe
# Mi pijama y yo

Texto : Lucie Papineau
Ilustraciones : Stéphane Jorisch

ediciones jaguar

miau

Soy yo, Tulipe.

R05022 63007

Aquí está Papú, mi papá favorito.
Mamú, mi mamá preferida.

Y después Lilipú,
mi adorada mariquita.

Cuando llega la hora de ir a la cama, me pongo mi pijama favorito.
Ese que es bueno como un sueño y que es
dulce como un beso.

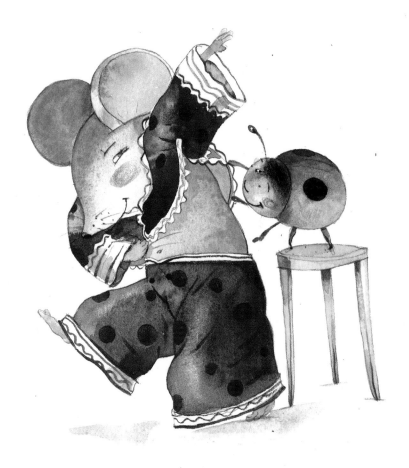

Después Mamú me lee una historia.
Papú me canta una bonita nana.
Y yo me duermo con mi pijama... y con Lilipú.

Una mañana, al despertar, tomé una decisión importante.
No voy a quitarme más mi pijama. ¡Nunca jamás!

Digo no, no, no, cuando Mamú me trae mis vestidos.
Digo no, no, no, cuando Papú me anima a que
me los ponga. Lloro y pataleo. Tanto es así,
que Mamú y Papú toman también una decisión.

Papú me lleva al colegio... ¡en pijama!
Al acercarnos, todos mis amigos se ríen, ríen sin poder
parar. Estoy a punto de llorar y de patalear.
Lilipú también.

Afortunadamente, la señorita Lou toca la campana
y todo el mundo se pone en fila.

En la clase de la señorita Lou,
nos divertimos como locos.
Pintamos con los dedos.
¡Ups! Me he limpiado un poco
los dedos en la manga
de mi pijama.

Construimos orugas que
un día se convertirán en mariposas.
¡Ups! Un poco de pegamento
embadurna los botones
de mi pijama.

Bailamos el baile de los duendes y las hadas.
¡Ups! Un poco de polvo mancha el
pantalón de mi pijama.

Al volver a casa, como espaguetis con tomates rojos,
queso amarillo, champiñones marrones,
y calabacines verdes.

¡Ups! Ahora hay un poco de todo eso en mi pijama.

Al final de la tarde mi pijama no se parece en nada a mi
pijama favorito. Tiene un agujero en la rodilla.
Y ya no es nada suave.

Lilipú parece desanimada. Y yo también.

Tomo una nueva decisión importante:
No me voy a poner más mi pijama. ¡Nunca jamás!
– De acuerdo –dice Mamú.
– Totalmente de acuerdo –añade Papú.

Todo el mundo se quita entonces su pijama... menos Lilipú
¡que no lleva nada!

La noche siguiente, me meto en la cama con mi vestido naranja.
Mamú se pone a mi lado y después... apaga la luz.

– ¡Mamú, Mamú! ¡Has olvidado una cosa!
– En absoluto –responde mi mamá.
– ¿Y mi cuento? ¿Y la canción de Papú?

Mamú sonríe de medio lado.
– ¡Yo solo cuento historias a las pequeñas ratitas
en pijama! –dice mientras se aleja.

– Y pasa lo mismo con
las canciones –añade Papú.

Yo frunzo el ceño.
Lilipú parece haber entendido todo.
Entonces, me pongo a reflexionar.

Sí, ¡yo también lo he comprendido!
No podemos tener puesto el pijama todo el tiempo. Después
de un día en el colegio... ha quedado en muy mal estado...

Pero para escuchar historias, canciones
y tener dulces sueños, ¡es perfecto!
¿No es así, Lilipú?

©2010. Ediciones Jaguar
www.edicionesjaguar.com
jaguar@edicionesjaguar.com

©Edición original:
Dominique et compagnie
división de Les éditions Héritage

©Textos: Lucie Papineau

©Ilustraciones: Stéphane Jorisch

©Traducción: Arantza Chivite

ISBN: 978-84-96423-80-0
Depósito Legal: M. 6.404-2010

RESERVADOS TODOS LOS DERECHOS
Cualquier forma de reproducción, distribución,
comunicación pública o transformación de esta obra solo
puede ser realizada con la autorización de sus titulares,
salvo excepción prevista por la ley.
Diríjase a CEDRO (Centro Español de Derechos
Reprográficos, www.cedro.org) si necesita fotocopiar
o escanear algún fragmento de esta obra.

Impreso en España / Printed in Spain